Flabby Jacks fantastische Abenteuer

Leben&Traum mit Schellenfusz

von Leo Leonhard

Fischer Taschenbuch Verlag

Fischer Taschenbuch Verlag
Ungekürzte Ausgabe
Februar 1977

Umschlagentwurf: Jan Buchholz/Reni Hinsch
unter Verwendung einer Zeichnung von Leo Leonhard

Fischer Taschenbuch Verlag GmbH, Frankfurt am Main
Lizenzausgabe mit freundlicher Genehmigung
des Melzer Verlags GmbH, Darmstadt
© 1975 Melzer Verlag GmbH, Darmstadt
Gesamtherstellung: Clausen & Bosse, Leck (Schleswig)
Printed in Germany
1854-580-ISBN-3-436-02410-4

Der Traum ist ein Leben, das, mit unserm übrigen zusammengesetzt, das wird, was wir menschliches Leben nennen. Die Träume verliehren sich in unser wachen allmählig herein, man kan nicht sagen, wo das Wachen eines Menschen anfängt.

Georg Christoph Lichtenberg

Ein Blick in den Himmel am 14. Sonntag
nach Trinitatis, dem 23. September und

Herbstanfang des Jahres 1888. Morgens
um 8 Uhr 20, ungefähr 37° 36′ nördlicher
Breite und 8° 55′ östlicher Länge.

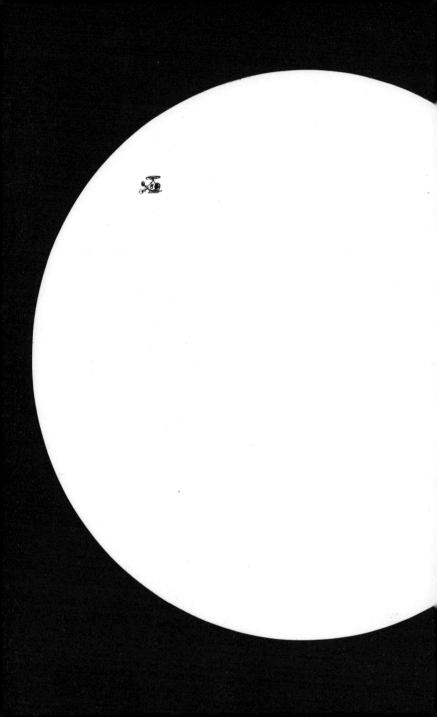

Flabby Jack, der mit seiner ROTEN
PILLE aus Rackerhausen ausgeflippt war,
hätte diese genaue Orts- und Zeitangabe
nicht machen können.

Ahnungslos
durchquerte er Illusionen und Dimensionen.

Doch die ROTE PILLE, der Hub-
und Tauchschrauber, den er von seinem
Onkel Al Bosso geschnorrt hatte und mit der
er sich zu Wasser und in der Luft fortbewegen
konnte, brauchte Treibstoff. Das war
Flabby noch nicht in den Sinn gekommen.

Er merkte es erst, als der Motor zu
stottern begann und die ROTE PILLE
ein ganzes Stück absackte.

Rasch mit dem Gas weg!
Mit dem letzten bißchen Antrieb steuerte er
auf eine öde kleine Insel zu.

Bei dieser Notlandung hatte ihn ein kleiner beinloser Narr beobachtet. Der war vor Freude außer sich; hüpfte auf den Händen um das Fernglas herum und jauchzte: »Endlich Besuch! Endlich Besuch!«

Denn auf Besuch wartete er seit langem sehnsüchtig.

Vor 44 Jahren war er seinem Schöpfer Grandville davongelaufen. Auf seinen Händen hatte er die Grenzen der »anderen Welt« überschritten und übermütig ausgerufen: »Ich möchte gehen, wohin meine Phantasie mich führt und will selbst mein Führer sein. Es lebe die Freiheit!«

Seine Phantasie hatte ihn auf dieses karge Inselchen geführt. Sie war unbewohnt, doch gab es Spuren menschlicher Tätigkeit. (Der Katasterangestellte Jean Jaques Lequeu zum Beispiel hatte hier vor hundert Jahren einige Modelle seiner imaginären Architektur aufgestellt.)

Für den kleinen Narren wurde es mit der Zeit immer schwerer, allein zu sein.

Wem sollte er etwas vorspiegeln, um selbst zu glänzen?

Wen sollte er zum Narren halten, um sich ihm aufzuhalsen?

Mit wem sollte er sich anbinden, um sich an ihn zu binden?

Wenn man schon nicht auf eigenen Füßen stehen kann, immer und ewig auf Händen gehen und die Welt auf dem Kopf zu sehen ist nicht verlockend ....

So kam es, daß er begann, aus Lehm, Leim und Sägemehl große, hohle Eier zu bauen. Er stellte sie in die Sonne. Vielleicht würde sie ihm einen Gesellschafter oder wenigstens einen Spaßvogel ausbrüten? Er horchte mit dem Ohr an der Schale. Es rührte sich nichts. Die Eier blieben unfruchtbar.

Dann watschelte er auf den Händen zu seinem Fernglas und suchte Meer und Himmel ab.

Und nun sollte dieser trostlose Zustand ein Ende haben. »Himmlisch! Wir kriegen Besuch! Ein bunter Hund in einem fliegenden Ei!? Sei's drum: er soll gebührend närrisch empfangen werden.

Gott Lob und Dank, heute wird mein neues Leben beginnen! Dieser drollige Gnom soll mich aus einem meiner nutzlos gewordenen Eier pellen. Ich muß ihn nur noch dahin führen und ich werde nicht mehr allein sein!

O Freude, Jubel, Lust und Wonne! Endlich Besuch!«

Inzwischen setzte Flabby sanft seine ROTE PILLE auf den Sandstrand einer weiten Bucht nieder. Dort blieb er eine Weile sitzen, ehe er ausstieg. Vielleicht ist es möglich, irgendwo Treibstoff zu finden.

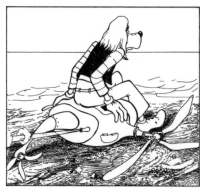
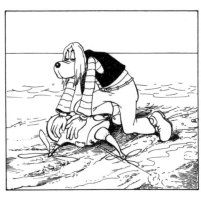

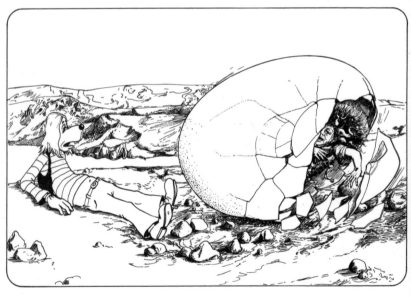

Eine Flut von Schelten ergießt sich über Flabby Jack: »Oh, diese Ausgeburt von einem schlaffen Schlumpenkerl! Zerschlägt mir das Ei, noch bevor ich fertig ausgebrütet bin! Einem anthropomorphen Hund habe ich es zu verdanken, daß ich ein Leben lang – oh nicht auszudenken! – immer kopfunter auf Händen, die Stirn am Boden, Staub fressen muß wie die Schlangen! Und der krumme Hund da geht aufrecht, mit erhobener Nase, obwohl er ein Hund ist……«

Flabby klingelten von dem Theaterdonner die Ohren.

»Tut mir echt leid«, brachte er schließlich hervor, »aber diese Fußstapfen, die so schnell anwachsen – da kann man doch nicht mehr kühl bleiben. Zu was fürm Riesenzwerg gehören die eigentlich?«
Der Narr schimpfte weiter: »Weil Du Einfaltspinsel ausgerechnet vor Fußabdrücken Angst kriegst, werde ich niemals auf eigenen Füßen stehen können.

O grausige Ironie des Schicksals! Und ihn, den Tölpel, trifft nicht der göttliche Zorn meiner Mutter!«

Der kleine Narr wirkte so glaubhaft erzürnt, daß Flabby schließlich einlenkte: »Es wird mir halt nichts andres übrig bleiben, als Dich zu tragen.«

»Topp, das ist ein Wort!« Der Kleine erheiterte sich augenblicklich. »Gestatte, daß ich mich vorstelle: Don Cristobal Zarathustra de Grandville.« – »Flabby Jack, Rackerhausen«.

Beide schwiegen eine Weile. Doch dann begann der kleine Narr in verbindlichem Ton:
»Mein lieber Flabby Jack, ich bedaure fast meine Heftigkeit von vorhin. Laß uns zu mir nach Hause gehen. Bei Spiegelei und Zwetschenschnaps können wir unsere Lage bedenken und Freundschaft schließen. Und damit du mich nicht tragen mußt, könnten wir ja dein fliegendes rotes Ei–«
»Schön wärs«, seufzte Flabby, »aber der Klappermühle ist der Sprit ausgegangen. Gibt's hier irgendwo 'ne Tankstelle?« – »Ich habe zwar keinen blassen Dunst, wovon du sprichst, aber ich bin überzeugt, daß wir dein Problem lösen werden«, verkündete der Narr optimistisch.

»Du weißt nicht, was Tankstellen sind? In welchem Jahrhundert bin ich eigentlich gelandet, Don...?« – »Don Cristobal Zarathustra de Grandville, mit Verlaub. Aber der Einfachheit halber magst Du mich Schellenfusz nennen, denn Schellenklang wird immer auf meinem Wege sein. Und falls Du das heutige Datum wissen willst, es ist mein 44. Geburtstag, der Herbstanfang 1888.«

Flabby blickte nicht mehr durch. – Der Kerl war doch eben erst aus dem Ei geschlüpft. –

44 Jahre? – Aber wie ein Küken sah er auch nicht gerade aus. Und stimmte die Jahreszahl?

Wo kamen die Riesenfüße her? Woher weiß er von der ROTEN PILLE? »Scheint ja wieder so 'ne beknackte Insel zu sein wie Venedig«, dachte Flabby.

»Du hattest doch was von Spiegelei und Zwetschenschnaps gesagt, wie steht's denn damit?« fragte er.
»Ja, dann laß mich mal aufsitzen«, antwortete Schellenfusz.
»Nur eins muß ich noch wissen«, forschte Flabby, »was ist, wenn uns so'n Riesenfüßler überrascht?« – »Der kann uns nicht überraschen. Außerdem gehören die Fußabdrücke zu einer Dame, genau gesagt, meiner Mutter Leda«.

Schellenfusz dämpfte seine Stimme zu einem geheimnisvollen Raunen. »Hast Du schon einmal von dem Ei des Columbus gehört?« Flabby schüttelte den Kopf. »Ein großer Entdecker, der auf einer seiner Reisen hierher verschlagen worden war. Er traf auf Leda, die in metaphysischem Schlummer in einem verloschenen Krater dalag – ich wurde die Frucht ihrer Liebe. Ich war ausersehen, ein neues Geschlecht von Übermenschen zu begründen –. Du hast mit Deiner Ungeschicklichkeit große Schuld gegenüber der Menschheit auf Dich geladen.«

»Das klingt ja alles recht närrisch, da steig' ich nicht durch«, dachte Flabby. »Und deine Mutter Leda, wo ist sie nun?«

Er hatte die geheime Hoffnung, daß sie ihren Sohn selbst tragen könnte. (Die Schuld gegenüber der Menschheit interessierte ihn nicht weiter.)

»Leda hat sich in einen Schwan verwandelt und schwebt als Sternbild am Firmament.«

»Eine Rabenmutter, woran auch die Verwandlung in einen Schwan nichts ändert«, schwante es Flabby.

»Also, dann hoffe ich nur, daß es zu Deiner Wohnung nicht allzu weit ist«, überwand er sich zu sagen, »steig auf!«

Eine ganze Zeit lang wanderten sie kreuz und quer durch Dünen- und Felsgebiete. Schellenfusz kommandierte bald wie ein Kutscher, bald wie ein Kapitän, bald wie ein Feldwebel:

»Hüh! Halbe Kraft voraus! Etwas mehr Steuerbord! Im Gleichschritt marsch! Refft die Segel! Klar zur Wende! Brrrr! Pinne nach Backbord!« etc.

»Zum Kuckuck, du weißt wohl selbst nicht, wo Du wohnst«, knurrte Flabby.

»Oh doch, meiner Treu, ich führe Dich auf dem allerdirektesten Weg schnurstracks nach Hause.« »Wo bist Du denn zu Hause?« – »Überall!« – »Du machst mich total närrisch!« – »Das ist meine volle Absicht«, sagte Schellenfusz strahlend. – »Dann kannst Du mir den Buckel wieder runterrutschen.«

Inzwischen hatten düstere Wolken den Himmel verdunkelt. Ein heftiger Wind wirbelte Staub auf.

»Nichts für ungut, lieber Flabby«, flötete Schellenfusz, »ich verstehe ja deinen Unmut nur zu gut, doch zeigt er mir zugleich, daß Du noch nirgends zu Hause bist. Das heißt, du kommst noch viel zu leicht aus dem Häuschen.

Aber das wird sich ändern! Du bist ein phantasievoller Kopf. Denke nur immer an Spiegelei und Zwetschenschnaps, und nun lauf nur zu, bevor es zu regnen beginnt.«

Und während Flabby losstolperte, sang Schellenfusz ein altes Lied:

»Wem der Witz nur schwach und gering bestellt,
Hopp heisa bei Regen und Wind,
Der füge sich still in den Lauf der Welt,
Denn der Regen, der regnet jeglichen Tag...«

»Dort hinten, wo das ewige Feuer Lequeues glüht, steht mein Spiegelpalast...«

»Owei, bis dahin bin ich lahm und krumm«, murrte Flabby.

»Krumm kommen alle guten Dinge ihrem Ziel nahe. Beflügele nur Deinen Schritt! Erhebe Kopf und Herz, mein Lieber, hoch, höher! Und vergiß mir auch die Beine nicht! Erhebe auch Deine Beine! Wer seinem Ziele nahe kommt, der tanzt.«

»Hoffentlich muß ich nicht durch Pfützen tanzen...« –

»Und wenn es auf Erden auch Moor und dicke Trübsal gibt: Wer leichte Füße hat, läuft über Schlamm noch hinweg und tanzt wie auf gefegtem Eise!«

Verdrossen trottete Flabby voran.

Irgendein unangenehmer Geruch stieg ihm in die Nase, so eine Mischung aus Stinkmorchel, Zigarettenasche, vergorenem Kürbiskompott, verschmortem Kunststoff und Salmiakgeist.

Ebenso lästig wie der Geruch waren die Schmeißfliegen, die sich ihm auf die Nase setzten und um den Kopf summten.

Flabby wurde es übel.

Mit einer Hand hielt er sich die Nase zu, mit der anderen hieb er so wild um sich, daß Schellenfusz beinahe heruntergefallen wäre.

»Was issen das für 'ne bescheuerte Tasse?« näselte Flabby.

»Rühr sie nicht an«, mahnte Schellenfusz, »Die ist vom letzten Picknick mit dem omnipotenten spanischen Genie, seiner Scheinheiligkeit Chaffarinada übriggeblieben und mir eine köstliche Erinnerung.« – »Und wozu dient die irre Antenne?« – »Das ist keine Antenne! Alle Gegenstände, die Chaffarinada zur Stunde des Angelus berührt hat, bekommen Erektionen oder Schwellungen und werden weich oder beginnen zu schweben...« – »und stinken«, ergänzte Flabby ungerührt.

»Deine Lästerungen entlarven Dich als Banausen«, sagte Schellenfusz, »dem Eingeweihten werden diese Dinge zu einem geheiligten Denk- und Dankmal der Narrenfreiheit. Doch es ist höchste Zeit«, schloß er mit einem Blick auf den weichen Wecker, »allez hopp!«

Flabby, dem die Narrenfreiheit zu sehr stank, sagte nichts mehr. Er schleppte sich weiter.

»Hier, meine Villa«, verkündete Schellenfusz stolz.
»Diese alte Bruchbude, ich schnalle ab.«
»Du wirst dich wundern«, sprach Schellenfusz, »außen ist nicht wie innen, innen ist nicht wie außen. Tritt nur gegen die Tür!«

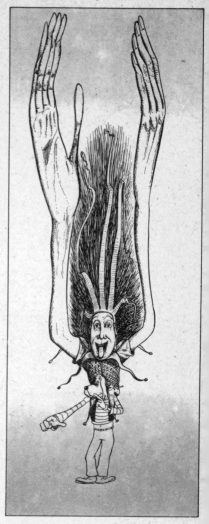

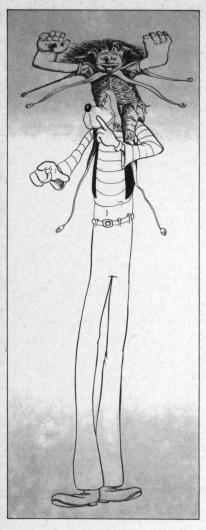

»Da du Spiegelfechter dir solche Mühe gibst, mir Spiegel und Eier zu zerschlagen«, sagte Schellenfusz sanft, »wirst du auch keinen Appetit auf Spiegeleier haben.

Wohlan! Wir wollen sehen, was der Küchenchef Würdigeres, Üppigeres, Schwelgerisches und Genußvolles zu bieten hat.

Nimm Platz, ruh Dich aus und warte ab«, und zu dem Sessel gewandt, »hilf ihm auf!«

Sie mußten nicht lange warten. Der Tisch trug zuerst eine köstliche Hühnercremesuppe auf, allerdings mit einem verlorenen Ei. Nach und nach kamen von ganz allein Schüsseln und Teller mit Ragouts und Pasteten, Bärenschinken, Hummer, Obst und niedlichem Gebackenem, Makkaroni, lombardischen Rebhühnern und Kaviar sowie etliche Flaschen Montepulciano, Lacrimae Christi, Cypern- und Samoswein an die Wirtstafel.

Flabby füllte sich den Wanst und genoß, ohne zu fragen, wo die Köstlichkeiten herkämen.

Essen und Trinken regten seine Redelust an. Er schmatzte und schwatzte drauflos: »So geht das in Rüssels Paradies sicher jeden Tag zu. Eine tolle Idee von mir, auf dieser Insel zu landen. Dufte, Dein Gast zu sein! Hast Du oft Besuch?«

Schellenfusz lächelte. »Der spanische Maler Chaffarinada hat mich einmal besucht, als er auf einer seiner Reisen in die Vergangenheit war. Du erinnerst Dich an seinen weichen Wecker? Er wollte, daß ich ihm zwei große hohle Eier baue.«

Flabby goß Wein nach, Schellenfusz lachte: »Aus diesen Eiern wollte er sich und seine Gattin Gala Galatea Placida pellen, um einem leichtgläubigen Publikum vorzugaukeln, sie beide seien das wahrhaft göttliche Dioskurenpaar Castor und Pollux.

›Aus Dankbarkeit für diesen neuen Mythos werden mir die Leute diese Eier vergolden‹, belehrte mich der Meister.«

»Dann bist du also das Huhn, das ihm die goldenen Eier gelegt hat. Prost!«

Als sie nicht mehr essen konnten, brachten die beiden beweglichen Sessel sie zu Bett. Satt und trunken lagen sie nebeneinander und jeder war auf seine Weise mit der Welt zufrieden.

»Einer war immer zu viel um mich. Immer einmal Eins, das gibt auf die Dauer zwei. Ich und Mich waren immer zu eifrig im Gespräche: Wie wäre es auszuhalten, wenn es nicht einen Freund gäbe? Immer ist für den Einsiedler der Freund der Dritte: Der Dritte ist der Kork, der verhindert, daß das Gespräch der Zweie in in die Tiefe sinkt. Wir boten diesem Gaste Herberge und Herz: Nun wohnt er bei uns, mag er bleiben, wie lange er will!« Also sprach Schellenfusz.

Flabby war zu müde, um den Sinn dieser Rede zu fassen. Das Bett schaukelte leicht. »Jetzt würde mich gar nichts mehr wundern«, murmelte er im Halbschlaf, »little ... ne ... mo ...«

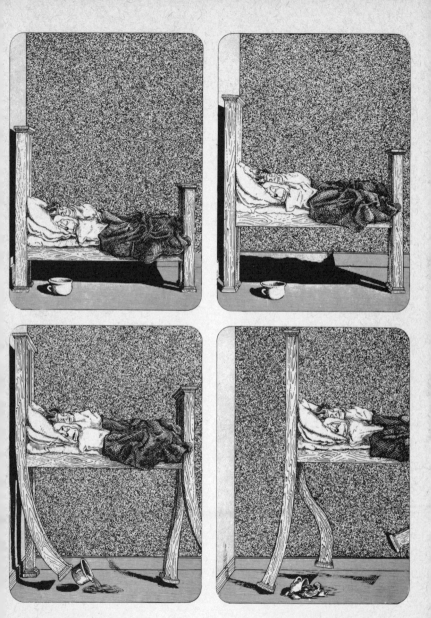

Mit dem wiegenden Galopp eines Dromedars trug das Bett die Schläfer über die Insel und vorbei an Lequeues Scheune. Seine Sprünge wurden immer weiter und übermütiger. Es ist unmöglich, ihm mit dem Auge zu folgen. – Es tanzte über Moor und Schlamm, über Geröll und Gebirge, über stürmische Wasser und gefegtes Eis, übersprang Klüfte und Risse zwischen den Welten und begab sich in Zeiten und Räume, in denen nur weiche Wecker die exakte Uhrzeit angeben können.

Mit dem letzten übermütigen Sprung landete es in einem Zeltlager.

»Heda! Holla! Halt! Wachen raus! Die Parole!«
»Drohend ragten Lanzen auf. Das Bett bäumte sich auf. Flabby und Schellenfusz wurden aus den Federn geschüttelt.

»Der sieht doch ganz harmlos aus.« – »Vielleicht isser ein Späher?« – »Oder die ganze Sache ist nur eine Kriegslist der Geffgaffs – so 'ne Art trojanisches Bett?«
Die Schellen an der Narrenkrone klingelten leise.

»Es is' 'n Narr ohne Beene, wir wollen ihn zu den drei Weisen tragen, die werden ihn zum Reden bringen.«

Der Dickste nahm den widerstandslosen Schellenfusz auf den Arm. Doch dann wurde ihre Aufmerksamkeit auf Flabby gelenkt, der sich stöhnend und murrend aus einem Durcheinander von Brettern und Fleischwaren herauswurstelte.

»Ich werd' verrückt, das ist doch der Juniorchef! Da sieht die Sache ja ganz anders aus!«

Man brachte sie im Triumphzug zum Zelt der 3 Weisen.

Jetzt erkannte Flabby in dem Affen den Prokuristen Gorilla aus der Babbelgammfabrik von Rackerhausen, in dem Langen den Kolonialwarenhändler Kramitzke und in dem Kleinen mit der Brille seinen ehemaligen Geschichts- u. Geografielehrer Dr. phil. Stillhaus.

Verdammt, das waren doch die Rackerhausener, die in Rüssels Schlaraffenland eingeschlossen worden waren! Nur, daß sie so merkwürdig kostümiert waren, wunderte ihn. War hier auch ewiger Karneval wie in Venedig?

Und weshalb lebten sie auf einem Campingplatz mit so altmodischen Zelten? Flabby fragte und bekam ausführlich Antwort:

Nachdem uns der Rüsselmann in seinem selbstgezeichneten Schlaraffenland eingesperrt hatte – wir hatten das zunächst gar nicht gemerkt – schwelgten und prassten wir nach Herzenslust, ließen den lieben Gott 'nen guten Mann sein und lagen von morgens bis abends auf der faulen Haut.

Was wir tagsüber aufgefressen hatten, wuchs nachts wieder nach; wurden unsere Kleider zu eng, warfen wir sie fort und zogen die altmodischen Klamotten an, die auf den Kleiderbäumen hingen; regnete es einmal etwas anderes als Milch und Honig, verzogen wir uns in die bereitstehenden Zelte. Kurz, es war 'n unheimlich paradiesischer Zustand.

Aber nur für kurze Zeit. (Schwere Seufzer unterbrechen den Redefluß.)

Immer häufiger mußten wir entdecken, daß bereits vor Morgengrauen besonders leckere Sachen aufgefressen, Wein- und Mostbrunnen verunreinigt, Torten zertrampelt und gebratene Schweine bis zum Skelett abgenagt worden waren.

Angst vor geheimnisvollen Mitessern packte alle. Es brach Streit aus.

Einige horteten Vorräte, andere stritten sich um die besten Brocken, und ein kleiner Trupp suchte auch den Rückweg nach Rackershausen.

Die Situation war also da!

Die Witwe Rackerzahn ging eines Nachts aus, weil sie es nicht lassen konnte, noch ein Mitternachtströpfchen ›Stierblut‹ zu süffeln. Sie beugte sich gerade lüstern über die Rotweinquelle – da springt ihr plötzlich etwas in den Nacken und kratzt ihr die Ohren blutig. Ihr irrsinniges Geschrei weckte uns Rackerhausener und ...

... wir sahen beim Schein der Laternen eine Meute von Blocksbergfratzen.

   Nimmersatte, Panzermäuler, Schlitzohren,
   Zankteufel, Windbeutel, Saufause,
   Freßsäcke, Pfaffennasen, Paukenbäuche,
   Furzbälger, Saugrüssler und Schnapphähne,
kurz, die ganze üble Verwandtschaft dieses Rüsselmannes.

   Wir schrien so, daß sie sich davonmachten. Zunächst. Aber in der folgenden Nacht kamen sie wieder. Es waren noch mehr und sie waren bewaffnet. Sie legten Feuer in unseren Zelten, fällten Kleiderbäume, fielen über uns her wie die Teufel mit Brandschatzen und Prügeln. –
   Ohne Besinnung und Halt rannten wir davon, ohne Weg und Steg, ohne Zügel und Zaum, ohne Rast und Ruh. Tagelang irrten wir durch das Schlaraffenland dem Gebirge zu. Bald schlotterten uns die Kleider wieder um den Leib.

Aber das könnt ihr uns glauben, der Schock und die Verzweiflung hatten auch eine gute Wirkung: Wir wurden kräftiger, wachsamer und hilfsbereiter.

Als Zufluchtsort entdeckten wir diese Schlucht. Sie ist wie ein Sack geformt und von allen Seiten unzugänglich. Der Eingang ist sehr eng. Dort haben wir ein Tor gebaut, das sich gut bewachen ließ. Hier haben wir das befestigte Hauptlager errichtet.

Rundherum gibt es Kleiderwälder, ein Tortenfeld, eine Spanferkelwiese und eine kleine Pralinen-Geröllhalde. Im Lager gedeihen an verschiedenen Stellen Früchteteller, Gebäck und wachsweiche Eier, die ihr vielleicht zwischen den Zelten bemerkt habt. Für eine Zeitlang waren wir hier sicher. Trotzdem: Mit der unbekümmerten Prasserei wars vorbei.

Jetzt mußte organisiert werden: Vorratshaltung, Verteidigung, Zusammenleben. Wir wählten schließlich aus unseren Reihen einen »Rat der 3 Weisen«. Die Wahl fiel auf uns, die wir hier vor euch sitzen.

Die Geffgaffs, so nennt sich das Teufelsvolk, das uns verfolgte, ließen uns nicht viel Zeit.

Vor wenigen Tagen stürmten sie das Tor zum Engpaß trotz der tapferen Gegenwehr unserer Wachen. Und dann – hol sie die Pest – rückten sie ohne Gnade und Barmherzigkeit gegen das Hauptlager vor, plünderten, raubten und sackten ein, was nicht niet- und nagelfest war. Nichts war ihnen zu schwer noch zu heiß. Wut und Mut der Verzweiflung wuchs in unseren Herzen. So oft diese Quälgeister auch unsere Palisaden berannten, wir konnten sie abschlagen.

Mit der Not steigt die Kraft.
 Da wir sahen, daß sie nicht unbesiegbar waren, wagten wir einen Ausfall. Wir verfolgten das Gelichter bis zum Tortenfeld und wetterten auf jeden unbarmherzig los, den wir erwischen konnten. Die Schlacht auf dem Tortenfeld wird in die Rackerhausener Geschichte eingehen! – Wenn wir jemals wieder nach Rackerhausen kommen sollten . . .

Inzwischen kennen wir unsere Feinde so gut, daß wir wissen: Sie verlassen sich eher auf gut Glück als auf einen vernünftigen Plan. Sie kennen keine Strategie und keine Disziplin und bücken sich sogar im Kampf noch nach jeder Praline und jagen jedem gebratenen Rebhuhn nach.

Wir sind auf einen neuen Überfall gefaßt. Warten in aller Stille, schärfen unsere Waffen und sind auf der Hut. Es ist eine Ruhe vor dem Sturm. Denn von unseren Türmen aus können wir sehen, wie die Geffgaffs Rammböcke, Ballisten, Leitern und Belagerungstürme zimmern. Jetzt ist guter Rat teuer; wir sind mit unserer Weisheit am Ende.«

Die 3 Weisen schwiegen. Flabby hatte der Lagebericht Dackelfalten in die Stirn gegraben. Das einzige, was eine Zeit lang zu hören war, waren die Schellen der Narrenkrone, denn Schellenfusz wiegte leicht sein Haupt hin und her.

»Dein Erscheinen, lieber Juniorchef, gibt uns neue Hoffnung«, sagte Prokurist Gorilla schließlich, »zeigt es uns doch, daß es einen Weg zurück nach Rackerhausen geben muß. Wenn du uns hilfst, diesen Weg zu finden, sollte es dein Schaden nicht sein. Wir glauben, daß wir in Rackerhausen einiges ändern können, wenn wir nur hier raus kommen. Wir wollen uns nicht mehr für Al Bosso abrackern. Und deine ewige Flucht hätte auch ein Ende.«

»O keh«, sagte Flabby, »ich würde euch schon helfen, wenn ich nur eine Ahnung hätte, wie?« – »Könntest Du dich nicht mit deinem Hub- und Tauchschrauber auf die Suche nach diesem Rüsselmann machen? Er ist sicher der einzige, der den Ausweg aus dem Schlaraffenland weiß.« –

»Nix zu machen, mir ist der Sprit ausgegangen.« – »Aber es muß doch einen Weg in die Außenwelt geben! Wie wärt ihr sonst hierhergekommen?« –

»Mein somnambules Bett hat den Weg gefunden«, sagte Schellenfusz, »aber ich kann es nicht fragen, wie. Laßt uns doch an das Naheliegende denken. Euer Problem werden wir im Handumdrehen lösen!«

Alle starrten auf den närrischen Redner. »Man braucht einfach Ideen, um die Plagegeister loszuwerden«, verkündete er, »und die beste Idee ist: Laßt sie sich selbst bekämpfen!«

Und nun begann Schellenfusz eine wortgewaltige Rede, in der er den Rackerhausenern seine Gedanken über ihre Lage mit aller Schärfe darlegte.

»Meine bedrängten Freunde! – Noch ist es nicht lange her, da habt ihr vom Rüsselmann dieses unschätzbare Paradies als Geschenk erhalten und habt es entdeckt, geleckt und geschmeckt und habt es euch behaglich und wohl sein lassen. Wahrlich, eure Bäuche sind rund geworden, eure Lust unstillbar. Aber wart ihr imstande, auch nur zu ahnen, was hier in Kern und Korn steckt? Aber nein, ihr wart von Gier geplagt und Unvernunft! In hitzige Narrheit seid ihr verfallen und habt es weder vermocht, eure Leidenschaften, noch eure Feinde zu erkennen.

Die Fülle um euch hat euch dumpf, taub und unfruchtbar gemacht. Warum wart ihr nicht klug wie die Schlangen? Warum habt ihr nicht eure Augen aufgesperrt, statt eure Mäuler aufzureißen? So weit ist es mit euch gekommen, daß ihr nicht weiter sehen könnt als bis zum nächsten Schinken.

Die Hand am Henkelkrug und den Becher in der Faust, nichts wie drüber her! Daß euch die Tauben in den Mund flogen, wenn ihr den Mund beim Gähnen aufsperrtet! Und nun zittert ihr vor euren Feinden! Daß ich's euch unverblümt sage: Ihr seid selbst eure Feinde! Was habt ihr mit dem Reichtum rings um euch angefangen, meine wackeren Freunde? Ihr habt nur genommen. Was Wunder, daß Neid und Angriffslust in eurem Land gewachsen sind, die Genossen der Trägheit. Arbeiten müßt ihr, kämpfen und schaffen!

Jetzt steht ihr da und glotzt mich an. Gleich Feigen fallen euch meine Lehren zu, meine Freunde im Schlaraffenland. Trinkt ihren Saft! Fülle ist um uns, laßt uns ans Werk gehen!«

Die Rackerhausener waren vollkommen erschöpft vom Anhören dieser dreisten Predigt eines Fremden. Es dauerte eine Weile, bis die dumpfe Betroffenheit ein Ende hatte. Die 3 Weisen waren weise genug, diesen Schlaumeier mit Vollmachten auszustatten, um seine Ideen zu verwirklichen.

Unter seiner Leitung machten sich die Rackerhausener unverzüglich ans Werk. Es war ungeheuerlich. Zuerst wurde eine riesige Holzplatte zusammengeleimt. Schellenfusz bereitete zwei wässrige Lösungen: eine aus Höllenstein und Salmiakgeist, die andere aus Seignette-Salz und Zucker. Was er noch an Essenzen hinzugemischt hat, wird wohl sein Geheimnis bleiben. Nachdem Flabby diese Mischung auf die Holzplatte gepinselt hatte, konnte Groß und Klein einen monströsen Spiegel bestaunen.

Geheimnisumwittert war auch die Herstellung eines Gases. Mit dem wurden große Eier gefüllt, die Flabby unermüdlich an der Töpferscheibe formte.

»Der Teufel soll mich holen«, brummte Schellenfusz, »wenn das nicht das letzte Osterfest dieser verfressenen Kobolde wird.«

Nach und nach beflügelte die Aktivität von Schellenfusz und Flabby auch die übrigen Rackenhauser.

So wurde mit ihrer Hilfe das Wunderbett in ein gepanzertes Fabeltier verwandelt, das unter den Geffgaffs gewaltigen Schrecken verbreiten sollte.

Im Morgengrauen entdeckten die
Geffgaffs große, appetitlich aussehende
Eier, die auf der Spanferkel-Wiese herum-
standen. Mit Löffel, Gabel, Schere und
Axt stürzten sie herzu....

... und hieben auf die Schalen ein, um an
den dahinter vermuteten leckeren Riesen-
dotter heranzukommen. Aber kaum war
nur der kleinste Riß in der Schale, so ent-
strömte das Gas.

Die Näherstehenden erstarrten, begannen zu
bröckeln und zerfielen stickum zu Staub.
Die übrigen Geffgaffs erkannten die
Kriegslist und stürzten mit Wutgeheul
zurück zu ihren Rammböcken und Ballisten.

Blindwütig stürmten sie auf das Lager zu. »Seht nur, das Tor steht offen! Hurra!« brüllten sie. »Hau! Stoß! Reiß! Beiß! Mord! Treff! Schlag! Schmeiß!« Aber sie wurden böse überrascht. –

Aus dem Tor quoll ihnen eine Meute ganz gleichartiger, zornblütiger Krieger entgegen. Beide Haufen verkeilten und verrammelten sich ineinander und in seiner Not und Bedrängnis hieb jeder um sich, stach, köpfte, stieß, mordete wie ein Teufel. Und ehe die Geffgaffs ihre Verblendung einsehen konnten, hatte sich der größte Teil von ihnen selbst den Garaus gemacht.

Die letzten Versprengten, die nun noch mit Rammböcken, Belagerungstürmen und Ballisten heranrückten, sahen sich einem feuerspeienden und pfeileschleudernden Ungeheuer gegenüber, das über sie hinwegsprang und sengte und brannte und selbst ganz unverwundbar blieb.

Als die Rackerhausener die armen Teufel ganz verwirrt und blutüberströmt umherkugeln sahen, stürmten sie mit Kampfgebrüll aus den Toren. Sie metzelten nieder, was ihnen in den Weg trat. Die Geffgaffs flohen in heller Verzweiflung. Die wackeren Rackerhausener setzten und hetzten ihnen nach bis auch die letzten aus der Schlucht vertrieben waren.

Der grausige Anblick des Schlachtfeldes trübte die Freude der Rackerhausener. Sie gaben sich Mühe, die Toten zu beerdigen und die Verwundeten zu pflegen. –

Schellenfusz war umjubelter Held. In allen Zelten brannte Licht. Zum ersten Mal seit langer Zeit wurde wieder einmal festlich geschmaust und getrunken. Es war auf eine eigenartige Weise genußvoller als am ersten Tag im Schlaraffenland. –

Alle träumten davon, mit Flabbys Hilfe endlich den ersehnten Zugang zu Rackerhausen wiederzufinden. Dann wäre das Schlaraffenland ein Teil von Komikland. Man könnte nach Belieben ein und aus gehen. –

Ja, die Rackerhausener hatten sich das Schlaraffenland erobert.

»Lilli«, flüsterte Flabby, »würdest Du mich auf meiner Suche nach Rüssel begleiten?« Lilli nickte errötend.

Jetzt fehlte Flabby zu seinem Glück lediglich ein kleines Tröpfchen Komiklandsprit.

(Wenn's mehr nicht ist, es sei ihm gegönnt.)

Während er noch ratlos in die Runde der Feiernden blickte, entdeckte er einen alten Soldaten, der sich eine Pfeife anzündete. »He guter Mann, was ist das für ein Feuerzeug?« – »Noch'n altes Benzinfeuerzeug aus Rackerhausen. N'Andenken, das ich zur Feier des Tages ausgekramt habe.« »Komiklandsprit!!!«, jubelte Flabby, »das ist die Lösung!

Aber auch Flabby hatte an diesem triumphalen Abend eine Eroberung gemacht. Was Donna Camillas raffinierte Verführungskunst nicht vermocht hatte: Flabbys Babbelgammherz zu rühren und höher schlagen zu lassen, das gelang dem unschuldigen Augenaufschlag und sanften Lächeln der kleinen Lilli Stillhaus, dem Töchterlein von Flabbys ehemaligem Geographielehrer. –

Ich brauch nur'n Tropfen!« Der Alte überließ Flabby etwas erstaunt sein Feuerzeug. Der gab einen Tropfen in seine ROTE PILLE. »Wenn sie wieder aufgeblasen wird, wächst der Sprit entsprechend mit«, erklärte er Lilli.

Glücklich wollte er zu den 3 Weisen gehen, um ihnen diese frohe Neuigkeit zu berichten und Dr. Stillhaus zu bitten, Lilli auf seiner Reise mitnehmen zu dürfen, da ertönte neben ihnen ein so gräßlich lautes Trompetensignal, daß Flabby ......

.... aufwachte.

Schellenfusz saß neben ihm im Bett und nahm die Trompete von den Lippen. »Hab ich dich endlich wachgekriegt, Langschläfer und unruhiger Träumer, der Du bist?«, lachte er. »Du hast mich ganz schön erschreckt mit Deinem Gefuchtel und den Grimassen, die Du geschnitten hast.«

»So war's nur'n Traum?« Flabby war fassungslos. »Jetzt sind die Rackerhausener also weiterhin den Geffgaffs ausgesetzt. Und was soll mit Lilli geschehen ohne unsere Hilfe?«

Er erzählte nun Schellenfusz den ganzen Traum. Der war über seine rühmliche Rolle ganz befriedigt. Als Flabby zu der Stelle kam, an der er die Pille wieder auftankte, zog er sie zur besseren Erläuterung aus der Tasche und – zum Kuckuck – die roch doch nach Benzin! »Sprit?! – Das pack' ich nicht mehr, die Pille ist frisch mit Sprit gefüllt? War's nun 'n Traum oder wie oder was?«

»Wir werden Dein Problem lösen«, stellte Schellenfusz kühn fest, »irgendetwas muß ja dran sein an deinem Traum.« Er zeigte auf den zerbrochenen Nachttopf. »Oder hast Du heute Nacht beschlossen, neben Eiern und Spiegeln auch noch Nachttöpfe zu zerdeppern? Ich meine, wir sollten Dein Wunderei aufblasen und uns auf die Suche nach diesem Rüssel machen, auch wenn ich mit Sicherheit nur ein schäbiger Ersatz für Deine Lilli bin.«

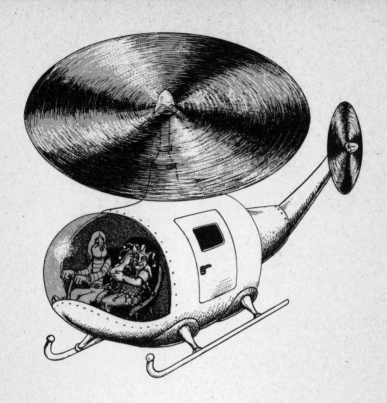

Flabby war nachdenklich geworden: »Zu dumm, du hättest noch etwas warten sollen mit deiner Trompete. Ich hätte die drei Weisen gern noch einiges gefragt: Wie stellt ihr euch euer künftiges Leben in Rackerhausen vor? Wie wollt ihr mit Al Bosso und seinen Greifpanzern fertig werden? Wieviel Rackerhausener sind eigentlich von Rüssel eingeschlossen worden? Wie wollt ihr verhindern, daß die Geffgaffs ganz Rackerhausen, ja ganz Komikland unterwandern?« –

»Papperlapapp«, sagte Schellenfusz, »erst einmal müssen wir diesen Rüssel finden. Mit seiner und unserer Hilfe werden die Rackerhausener auch dieses Problem lösen können.«

Während sie dahinflogen mit Kurs auf Rüssels Baumzelt, malten sie sich aus, wie sie alle glücklich in Komikland leben könnten:

Flabby & Lilli Jack mit ihren immer gern gesehenen Gästen: Schellenfusz, Dinxbumz (der einen großen Brautkuchen mitbringen würde), Rüssel, Schüssel, Schrüssel und dem Markuslöwen...

Erläuterungen

Zu Seite 11
Siehe »Rüssel in Komikland«,
Fischer Taschenbuch 1490.

Zu Seite 18
Der kleine beinlose Narr stammt aus
Grandvilles 1844 veröffentlichtem
Buch »Un autre monde« (s. Grandville »Das gesamte Werk«, Verlag
Rogner und Bernhard).
Grandville (eigentlich Ignace Isidore
Gèrard), 1803–47, war Zeichner &
Karikaturist in Frankreich. Er wurde
bekannt mit politischen und sozialen
Karikaturen, die er für die satirischen Zeitschriften »La Caricature«
und »Le Charivari« zeichnete, war
aber ebenso bedeutend als Buchillustrator (Fabeln von La Fontaine,
»Robinson Crusoe« und »Gullivers
Reisen«). »Un autre monde« ist
eine selbständige Holzschnittfolge,
die präsurrealistisch genannt werden
könnte.
Jean Jaque Lequeu (1757–1825)
war bis zur französischen Revolution
ein erfolgreicher Architekt,
1793–1801 Katasterangestellter,
1801–1815 Kartograf im Innenministerium. In seinen letzten Lebensjahren versank er in Armut und
Vergessenheit. Seit der Revolution
beschäftigte er sich vor allem mit
Entwürfen für imaginäre und bizarre
Gebäude, die auf Klitterung verschiedener Epochen und Stile beru-

hen und auf den Surrealismus hinzuweisen scheinen.

Zu Seite 28
Die Anspielung Flabbys auf »Venedig« bezieht sich auf sein vorhergehendes Abenteuer (s. »Glücksucher in Venedig«, Fischer Taschenbuch 1540).

Zu Seite 29
Das Lied singt der Narr in Shakespeares »König Lear« (3. Aufzug, 2. Auftritt).

Zu Seite 30
Text frei nach Nietzsche »Also sprach Zarathustra« (»vom höheren Menschen«).

Zu Seite 31
Hier werden 2 Motive aus Bildern Dalis verwendet:
1) »riesige Mokkatasse, fliegend, mit unerklärlicher Fortsetzung von fünf Meter Länge« (1932) und
2) »weicher Wecker« (1933).
»Chaffarinada« (span.: »Farbklecks«), hier als Künstlername für Dali verwendet, der diesen Begriff selbst gebrauchte als »das neue Sperma, aus dem alle künftigen Maler der Welt geboren werden« (s. »Dali sagt«, Desch Verlag, S. 215).

Zu Seite 41
Zur Anspielung auf Rüssels Paradies: siehe »Rüssel in Komikland«. Die Anspielung auf den Pseudomythos Dalis, seine Gattin und sich als Inkarnation des Dioskurenpaares vorzustellen, basiert auf einer Textstelle, aus »Dali sagt«, S. 200: »Abends lauschte ich in unserem Patio – oh! spanische Mauer des Garcia Lorca! – berauscht vom Jasmin, der These Dr. Roumeguères, derzufolge Gala und ich den köstlichen Mythos von den Dioskuren verkörpern, die aus einem der beiden göttlichen Eier Ledas geboren wurden.« Diese 1958 geborene Idee hat Dali später innerhalb einer Fernsehdokumentation über seine Person realisiert.

Zu Seite 42
Text frei nach Nietzsche »Also sprach Zarathustra« (»vom Freunde«).

Zu Seite 43
Das Bett ist »little Nemo's« Traumbett (s. McCay, »Little Nemo, Bd. 1, Fischer Taschenbuch 1491).

Zu Seite 50
Die Zeichnung ist frei nach Breughels »Schlaraffenland« angefertigt.

Zu Seite 53
Die Figuren sind in Anlehnung an Illustrationen aus den Erstausgaben von Rabelais' »Gargantua« und »Pantagruel« gezeichnet. Der Illustrator ist unbekannt.

Zu Seite 68
Die Zeichnung ist frei nach Breughels »Bauernhochzeit« angefertigt.

ferner lieferbar:

COMICS
IM FISCHER TASCHENBUCH

Der kleine König
Von Otto Soglow
Band 1548

Prinz Eisenherz
Von Hal Forster
In den Tagen König Arthurs 1 + 2
Band 1541/1542
Kampf gegen die Hunnen 1 + 2
Band 1547/1549

Little Nemo
Von Winsor McCay
5 Bände
Band 1491/1492/1493/1494/
1495/1544/1545

COMICS
IM FISCHER TASCHENBUCH

**Flabby Jacks
fantastische Abenteuer**
Gezeichnet von Leo Leonhard,
Otto Jägersberg schrieb den Text

Rüssel im Komikland
Band 1490

Glückssucher in Venedig
Band 1540

Flucht aus den Bleikammern
Band 1543

Leben & Traum mit
Schellenfusz
Band 1854

DIE GROSSEN COMICS IM BUCH
Melzer

Walt Disney's
ICH, MICKY MAUS

Walt Disney's
ICH, GOOFY

Walt Disney's
ICH, DONALD DUCK

Walt Disney's
ICH, ONKEL DAGOBERT

ELZIE CRISLER SEGAR
ICH, POPEYE

RIP KORBY

Prinz Eisenherz

BLONDIE

LYONEL FEININGER
Kinder Kids

LITTLE LADY LOVEKINS and OLD MAN MUFFAROO

WINSOR McCAY, LITTLE NEMO

GEORGE HERRIMAN, KRAZY

GUSTAVE VERBEEK, UNTEN IST OBEN

IN JEDER BUCHHANDLUNG ERHÄLTLICH!

WINSOR McCAY Die sonderbaren Träume des Feinschmeckers, der immer nur Käsetoast aß.